나의 가을은
붉게 물든 단풍처럼 아름답다

나의 가을은
붉게 물든 단풍처럼 아름답다

이옥재 지음

사람이
그리울때
나는 글을 씁니다

스타북스

머리말을 대신하여 —————

나의 생각을 글로 써보자. 나는 글 쓰는 것을 좋아하는 편이다. 학교에서 작문시간에 언제나 책을 읽곤 했다. 작문 시간이 좋긴 했지만 글을 읽는 것을 더 좋아해서 소설이나 시를 읽었다. 그러나 오늘은 '7시에 배운 한글'을 읽으면서 나 자신이 부끄러워졌고, 글자나 글에 대해서 새로운 생각을 하게 되었다.

첫째, '말을 하는 것과 글을 아는 것이 이처럼 다르구나.' 하는 생각이 들었다. 나는 칠십에 배운 한글의 할머니이다. 자신의 생각을 말로 표현하는 데는 큰 어려움이 없는 듯했다. 그러나 글을 몰랐기 때문에 여러 가지 불편함을 겪었다. 글자를 몰라서 유난히 여러 가지 설명이나 각종 설명서를 읽을 수 없기 때문이었다.

둘째는 글자를 아는 것과 쓰는 것이 다르다는 생각이다. 글자를 알면 설명서도 반가운 편이다. 거리의 간판을 읽을 수 있을 것이다. 그렇다고 이처럼 감명 깊은 글을 쓸 수는 없다. 글자를 잘 알지 못하면서 편지 한 장을 쓰지 못했구나. 사실 그때 굉장히 멋진 글을 써서 딸을 기쁘게 해주고 싶은 생각으로 가득 차 있었다.

나는 갈피를 잡지 못한 듯했다. 딸이 글을 읽어보면 이제까지 겪은 설움과 기쁨을 우리 앞에서 말씀하시는 것 같다는 나의 생각이 뚜렷했기 때문일 것이다.

두 편의 글을 읽으면서 많은 생각을 했다. 글의 설움에 마음이 아팠고, 뒤늦게 글을 깨우쳐 자유로운 세상을 만난 이옥재의 인간승리에 손뼉을 치고 싶었다. 무엇보다도 생각을 글로 표현하는 소중함과 뚜렷한 생각이 있어야 글을 쓸 수 있다는 것을 알았다.

이옥재

차례

2
난
시 쓰기가
즐거워요

3
사람이
그리울 땐
난 글을 써요

4
난
글쓰기가
좋아요

5
나를 응원하는
가족들,
고마워요

1
난
공부가
좋아요

세월은 무심히 흐르고,
할 일 없이 나이만 먹어가던 중
올해는 정말 내 생의 전환점입니다.
하고 싶었던 공부에 전념할 수 있어서
난 행복합니다.

나의 꿈1

나의 꿈은 중졸 마치고 고졸에 이어 대학교까지 가는 것이다.

기왕 시작한 공부에 대학과정까지 마치고 싶다. 걱정도 했지만 용기 내 시작한 것이 지금에 이르렀다.

마포구에 있는 양원주부학교 배움의 기회를 놓치지 않도록 주부들을 대상으로 한글부터 검정고시까지 가르치는 평생교육기관이다. 그곳이 내 꿈의 시작이다.

내 꿈의 도전기

오십대에 남편과 사별하고 세 남매를 위해 열심히 살아 왔다. 그러나 나이가 들고 차츰 생활이 안정을 찾아갈 무렵 채워지지 않는 무언가가 나를 공허하게 만들었다. 그래서 시작한 것, 자전거를 배워 회원들과 함께 전국 방방곡곡을 누비다시피 했다. 일본여행, 중국여행을 했지만 채워지지 않는 무언가가 있었다.

그즈음 나이가 들면서 격한 운동이 몸에 버거워지기 시작했다. 조금 편한 수영을 배우면서 친구들과 어울렸다. 친구의 소개로 지역 복지관을 알게 되었다. 곳곳에서 한문, 영어 컴퓨터 등, 여러 가지를 배우면서 배움의 즐거움과 성취감을 맛보았다. 그래도 채워지지 않는 무언가 있었다. 본격적으로 공부하기로 작정했다. 마포에 있는 양원주부학교에 등록했다. 그곳에서 체계적인 공부를 시작하였다. 그곳에서 초등학교를 졸업, 중학교 검정고시 합격하고 고등학교 졸업자격 검정고시에 도전하면서, 지금 다니는 경복방송통신고등학교에 등록하여 지금도 공부한다. 컴퓨터 강의를 들으면서 공부에 대비하고 있다.

먼 하늘의 당신에게

하루라도 빨리 경복통신고등학교에 가고 싶었습니다. 오늘은 설레는 마음으로 기다리고 기다리던 입학식 날입니다.

이 나이에 경복통신고등학교에 갈 수 있도록 나의 희망을 도와주신 당신, 저 하늘나라에 계신 당신께 감사합니다.

나의 인생 마지막으로 선택한 경복통신고등학교를 생각하면 가슴이 찡합니다. 새싹이 움트는 것 같은 마음입니다. 원망의 세월에서 희망의 기쁨입니다. 이제는 경복통신고등학교에 갈 수 있으니 나의 인생은 빛을 봅니다.

하늘에 계신 당신 앞으로 많이 도와주세요.

감사합니다.

희망의 외길 83년 동안 사랑하고 있는 당신의 아내 이옥재.

복지관

지역복지관을 알고 그곳에서 한문과 영어 컴퓨터 등, 여러 가지를 배우면서 배움의 즐거움과 성취감을 맛보기 시작하였다.

그래도 채워지지 않는 무언가를 위해 본격적으로 공부하기로 작정하고 마포에 있는 양원주부학교에 등록했다. 체계적으로 공부를 시작하였다. 덕분에 초등학교 졸업, 중학교 검정고시 합격하고, 고등학교 검정고시에 도전하면서 지금 경복 통신고등학교에 등록하게 되었고, 컴퓨터 강의를 들으려한 것이 우연한 동기를 주었고, 늙은 여고생으로 인도하였으니 복지관은 나의 행복관이다.

하늘이 높다

아침저녁으로 무척 춥습니다.

하늘이 높아지는 겨울입니다.

이렇듯 세월은 무심히 흐르고,

할 일 없이 나이만 먹어가던 중

올해는 정말 내 생의 전환점이 된 듯합니다.

하고 싶었던 공부에 전념할 수 있어서 행복합니다.

남들이 보기에는 하잘 것 없겠지만 나는 행복합니다.

지역복지관에서 공부하기

지역 복지관을 알게 되었다. 난 그곳에서 한문과 영어, 컴퓨터 등등 여러 가지를 배우면서 배움의 즐거움과 성취감을 맛보기 시작하였지만 그래도 채워지지 않는 무언가를 위해 본격적으로 공부하기로 작정하고 마포에 있는 양원 주부학교에 등록하고 그곳에서 체계적으로 공부하기 시작하였다. 그곳에서 초등학교 졸업, 중학교 검정고시 시험에 합격하고 고등학교 검정고시에 도전하게 되면서 지금 경복통신고등학교에 등록하게 되었고 컴퓨터 강의를 들으면서 돌아보면 그 과정들 하나하나 내겐 참 소중하다.

복지관 선생 님께

선생님 성탄을 축하합니다.

　새해에는 하시는 모든 일이 이루어지길 기원합니다. 선생님의 자상한 가르침에 이런 카드도 보낼 수 있게 되고 우리 딸이랑 손자 소녀들하고 메일을 주고받을 수 있게 해주셔서 얼마나 감사한지요.

　고맙습니다.

　이번 크리스마스에는 전자카드로 평소에 인사 못 드린 여러 선생님께 카드를 보내겠습니다. 아무쪼록 몸 못 뵈어도 항상 선생님의 은혜는 잊지 못할 겁니다.

검정고시를 보고

71세에 초등학교졸업 검정고시에 도전해서 합격했다.

그 과정 순탄치 않았다. 두 차례의 교통사고를 당했다. 때문에 공부를 중단해야 했다.

2개월 입원했다가 웬만하기에 다시 학교에 갔다. 물론 어려움도 많았지만 그래도 공부를 할 수 있다는 것이 즐겁고 감사했다. 내 나이에 공부할 수 있다는 것만이라도 너무 감사할 따름이었다.

요즘 학생들에게 전하고 싶은 말은 한창 공부할 나이에 열심히 공부해서 하고 싶은 일을 이루었으면 좋겠다고 당부하고 싶다.

민 선생 님께

선생님 그동안 감사합니다.

　아무쪼록 건강하시고 헤어지더라도 항상 선생님 생각하겠습니다.

　선생님께서 정치공부 시간에 가르쳐주신 말씀 하나하나 소중히 간직하겠습니다. 덕분에 정치에 대해 약간은 알게 되었습니다.

　선생님께 배운 것 하나하나 헛되지 않게 기억하면서 더 많은 지식을 쌓겠습니다. 평생 공부하는 즐거움으로 살겠습니다.

　공부하는 즐거움을 알게 해주신 선생님 감사합니다.

나의 꿈2

중졸고졸검정고시를 마치고 대학교까지 하는 것이 나의 희망이었다.

기왕 시작한 공분데 대학교까지 하고 싶었다. 걱정했지만 그 꿈의 출발로써 용기 내서 중졸합격해서 기뻤다.

한 친구가 내게 "검정고시는 힘드니 검정고시는 접고 내가 조언해 줄 테니 무엇이든 얘기해봐!"라기에 내 꿈을 말했더니, 친구는 경복고등학교가 있는데, 통신고등학교이긴 하지만 학교에도 자주 가서 공부하고, 급우들과 만나서 서로 용기를 북돋아주면서 공부하기 때문에 충분히 공부해 나갈 수 있을 거라며 신청해보라기에 경복고에 입학 절차를 밟았다. 덕분에 고등학생의 꿈을 이루었다.

고등학생의 꿈, 그 꿈을 이루고 또 새로운 꿈의 계단에 오른다.

입학 소감

걱정스런 마음으로 경복고 입학을 결심하고 원서접수를 하였다.

입학식 때 대표로 임명받아 교장선생님과 여러 선생님들, 교우들 앞에서 선서를 했다.

교장선생님께 선서 문서를 드리고, 교장 선생님과 악수할 때, 교장선생님은 내게 '참 훌륭하시다'고 말씀하셨다. 이 말씀이 너무나 마음에 와 닿았다.

그 말씀에 나는 "용기와, 격려와, 희망을 주시는 말씀 감사합니다. 새로운 마음으로 열심히 노력하겠습니다."라고 대답을 드렸다.

그렇게 노력하겠다는 각오를 하니 더욱 힘이 났다.

경복통신고등학교

늦게, 아니 늙어서 시작한 공부, 초등학교 과정 검정고시 합격, 중학교 과정 검정고시 합격, 그리고도 욕심이 생겼다. 비록 고검에 합격을 못했어도 경복고에 입학하니 좋았다. 내가 큰일을 했구나 생각하며 나를 칭찬하고 싶었다.

할머니학생이 경복고에 입학할 수 있도록, 중학교 과정을 가르쳐주신 주부학교 여러 선생님들께 진심으로 감사하는 마음이었다.

나의 꿈3

누구나 삶을 꿈꾼다. 자신이 하고자 하는 일을 하면 즐겁다.

나는 행복한 경복통신고등학교에서 공부한다.

경복통신고등학교에서 활활 타오를 때에는 멋진 자랑이라도 하듯이 하늘이 높이 솟아오르고 뜨거운 열과 성을 다한다.

'이것도 잠시구나' 생각하면 서럽지만 살아가는 동안 할 수만 있다면 공부하겠다는 생각이다. 그러다 보면 대학생이 될 날도 올 테지.

고등학교 1학기

창의적 체험활동의 진도율을 확인한다.

선택하면 학습 화면으로 이동한다.

학습상태(학습 전) 학습 중(학습완료), 회차 명을 확인할 수 있다.

나의 수업

수업듣기 인터넷으로 수업을 들을 수 있는 온라인상의 교실
이다.
학습해야 하는 과목 등이 제공되며,
클릭하면 과목 별 선택하여 온라인 학습을 할 수 있다.

세계사 공부하기

문명의 발생 성립 요건

도시국가의 출현

청동기 사용

문자의 발명

세계 4대 문명

하천의 범람

치수관개사업을 위해 노동력 조직

유력한 지도자를 중심으로 도시 성장

하류에 복토 형성

관개사업으로 생산량 증가 → 인구 집중 4대문명

메소포타미아 문명은 티그리스 강과 유프라테스 강 일대

2
난
시 쓰기가
즐거워요

시창작의 비법

문학체험을 많이 하라.
사고를 깊고 풍부하게 하라.
쓰고 또 쓰라.
관찰하는 눈을 가져라.
따뜻한 가슴으로 사물을 봐라.
고치고 또 고치고 고치라.
자연에서 배우라.

모자를 쓰고

집 앞에 낙조에 선풍이 목이 메네

서쪽 하늘에 노을 빛 구름

아롱거린다

앞마당에 바람이 찬데

먼 시선으로 대운산 바라본다

그리운 옛 낭군 소식조차 없는데

친구에게

촉촉이 대지를 적시는
빗방울
오늘 하루의 피곤함은
비와 함께 흘려버리고

비와 함께 행복이 내려
하루 종일 행복하길
친구야 고맙다

한 송이 꽃

떠난 내 사람아
가는 세월
눈물 강 건너간 내 사람아

한 송이 꽃은 지고
보고픈 사람아

정만 남기고 떠난
얄궂은 사람아

친구야

친구야 마음껏 울자
눈치 보지 말고
크게 소리 내어 울자

친구야 훌훌 쏟아내자
맘껏 칭찬하자
아낌없이 박수치자
슬플 땐 끝이 보이도록 울자

친구야 쉬어가자
힘들거든 내려놓고
잠시 쉬어가자
꽃이 지면 사랑도 진다

즐거운 하루

좋은 말은
자신을 위한 사랑이다

덕담은 좋은 관계를 만드는 밧줄이다.
오늘은
칭찬과 덕담으로
멋진 하루였으면 좋겠다

한마음 회원 여행

전라도 목포 다리 건너가기 전
역에서 저녁 먹고
상징으로 현재 사건을 쓰다
긍정적 컵을 만들을 현재로 쓰다
그리운 어머니 원관념으로 하되
어머니를 드러내 보이지 않고
상징을 되돌아보자

흐르는 강물처럼

흐르는 시간도 잡을 수 없다.

모든 게 너무 빨리 간다.

시간은 늘 우리를 변하게 하며 나간다.

시간은 항상 무언가를 보내고 또 보낸다.

있을 때 잘하자.

지나고 나면 다시 할 수 없으니

매일 서로 인사를 나눌 수 있는 것은 얼마나 축복인가.

나의 후손

딸 1

아들 2

자부 2

사위 1

외손녀 1

효자 아들 1

친손자 2

손부 2

손녀 2

손녀사위 1

증손자 1

증손녀 1, 사랑하는 우리 진녀

이 기쁨을 저 하늘에 계신 당신께 드립니다.

마음의 부자

글을 쓸 수 있으니
마음이 부자다.

아름다워지고
마음은 부자다.

나는 항상 행복하다.
행복 가득한 마음으로
진실만 생각하며 살아가고 싶다.

가을 하늘

가을을 느끼게 하는 시를 씁니다.

시를 쓰려니 고향생각이 납니다.

잊고 있었던 친구들이 그립고,

아버지 어머니가 그리워집니다.

집에 밤나무가 있었어요.

가을이면 자줏빛 밤이 떨어지는 소리를 듣고

다람쥐와 청솔모가 소리 없이 와서 먹곤 했지요.

12살 소녀였을 때,

밤을 주우러 가면

다람쥐와 청솔모가 다 주어 먹고 가서

그냥 돌아오곤 했었지요.

이 기쁨은 당신에게

당신은 이 기쁨을 아실는지
당신은 가고 없는데
외롭고 쓸쓸한 줄도 모르고
정신없이 공부만 했네요

눈이 와도 비가 와도 끊임없이
공부만 하고 있었네요

건강도 공부도 당신이 도와주세요
끝으로 부탁할게요
사랑하는 당신 아내 도와주세요

군고구마

오늘 같은 밤이면
따뜻한 아랫목에 발 뻗고
군고구마 먹으며
도란도란 이야기나 하면서 지내면 딱인데

오늘도 맘만 그렇고
바빠서 숨 돌릴 틈도 없으니
잠도 못 자고 눈썹 휘날린다고
누가 알아주는 것도 아닌데

뭐 땜시 이리 고생을 하는지
지금 안하면
평생 후회할 것 같아서
오늘도 고달픔도 그만이겠지

하얀 소금

소금을 담은 항아리에게
그보다 행복한 일이 또 있을까

오랜만에 옳은 말을 하는군
하긴 금 간 항아리를 누가 봐줄까

언제나 비어 있어
아무 것도 담을 수 없는데
누가 관심이나 가져주겠어?

한가위

추석을 기다리며 9월을 연다.

유난히도 올해는 반가운 풍년이 들어

행복한 이웃들과 풍물놀이와 장구,

징소리 꽹과리 동네 한 바퀴 잔치가 한창

덩달아 아이들도 춤을 추고 즐거워한다.

모시송편과 풍성한 햇과일

유난히 파란 사과가 달콤하고 싱그럽구나

대보름달이 유난히도 둥글다

만학도의 수학여행

빗방울 떨어지는 소리

깜짝 놀라 창문을 연다

반갑다

아이 좋아 비님이 오시네

그 옛날 옛사랑처럼 맞이할까

고진감래라는 말이 있더니

달콤한 사과처럼 맛있는 수학여행

1박 2일 짧지만 보석처럼

귀한 수학여행

84세의 만학도의

수학여행

싱그러운 풍경을 만난다

선택

선택하면 수업듣기 페이지로
이동이 되면, 선택한 학습이 가능하다

수업듣기 나에게 배정된
과목을 볼 수 있는 수업듣기
페이지 바로가기이다

여행 1

딸과 2박 3일 여행하다
경상북도 의성으로
차를 타고 가면서 보니
산에 소나무와 경치가 싱그럽다

방음벽 사이로 드러난
뭉게뭉게 푸른 하늘이
유난히도 낮아 보인다

밥맛

경상북도 의성에

오후 8시 20분경 도착

외손자의 집에 가서 저녁 식사를 한다

콩나물밥은 얼마나 맛있는지

된장찌개는 어찌나 구수한지

꿀맛이다

고맙고 대견하다

손자 내외가 용돈과 인삼 원액을 선물로 주며

"할머니 오래 오래 저희 곁에 건강하셔야 해요."

하는 말에

가슴이 뛰면서 눈시울이 젖는다.

어린이 날

어린이 날 축제가 열렸다

진손주가 구경 가자고 해서

따라 나가보니 아름답다

집에 돌아오는 길에

손자가 경찰아저씨한테 부탁해서

차를 타고

사진 찍고

흐뭇한 마음으로 돌아왔다

여행 2

좋은 아침입니다

여행길

조심하길

여행길 좋은 일만 가득하길

회원 여러분들 같이 하지

못해 미안

즐겁고 행복한 시간 보내시고

건강한 모습으로 오세요

동행

아름다운 동행 참 좋습니다

좋은 일만 가득 담아오세요

날씨도 좋은 날입니다

건강하고 행복한 마음으로 돌아오세요

감사합니다

사랑은 떠나고

새들이 꽃이어라

64년 전 마음으로 만나는구나

사랑은 떠나고

세월의 풍랑은 원망하지

말고 넓은 가슴을 보듬으렴

사랑은 떠나고

후회를 기다리기보다

깊은 마음을 먼저 보여주렴

사랑은 떠나도

좋은 추억으로 간직할 테니

개화

평탄한 곳에 행복을
바라기보다
가시밭길 핀 꽃을 걸으렴

시련 끝에 핀 꽃이라 향기가 좋구나
그 향기를 느낀 행복은 가득하니
함께 어울려 가자꾸나.

6월에

신록의 계절 6월이다.

나에게 주어진 6월이다.

당신은 2배로 즐겁다.

행복한 일 가득하자.

많이 사랑하는 6월이 되자.

행복하자.

6월엔

소중한 사랑

가장 쉬운 사랑이고
하지만 가장 어려운 사랑이라네
물건은 없어져 버리면
대체가 될 수 있지만
사랑은 대체할 수 없다
그래서 사랑은 가장 소중하다

한 번 잃은 사랑은 다시
찾기 어려울 것이다
사랑은 사랑으로

사랑답게 사랑해야 하리라
진실한 사랑은
소중한 줄 아는 사랑이리

사람을 사귀다

인생에서

사람을 잃는 것은

최악이라 할 수 있다

생각해 본다면

항상 가까이 있는 사람이 소중하다

서로 소통하는 사람

안부를 나누는 사이

내 인생의 따뜻한 사람이다

3

사람이
그리울 땐
난 글을 써요

사진 찍자고 하니까
"뭐하게."
"너무 예뻐 두고 본다"
하니까
"응 그래"
하고 꿈을 깼다.
꿈이지만 행복했다.

안동에서

손자가 저녁 나가서 식사하자고 해서 안동 제비원 참숯삼겹
살을 먹었다.

안동시장 구경을 했다. 시골이라 시장엔 나물들이 많았는
데 서울에 비해 반값도 안했다. 야채, 나물순을 사고 골파와
부추도 샀다.

돌아오는 길엔 안동시내 구경을 했다. 이전의 양반도시와
같은 풍경을 보기는 어려웠지만.

어찌 할꼬 2

80이 넘어 마음도 몸도 병들고 견디기 힘들다.

누구한테 하소연할 수도 없고 생각하면 마음이 허전하다. 이 심정 누가 알꼬?

"나 잘 산 것 같아요?" 라고 위로받고 싶은데 나보다 너무 먼저 떠난 남편이 원망스럽다.

하루라도 빨리 가고 싶은 데 자식들을 고생시킬까봐 걱정이다.

나는 하고 싶은 일 하고 있지만 몸이 하루하루가 힘듭니다. 그래도 하고 싶은 공부하니, 시와 수필에 등단했으니 행복하다 생각하고 그렇게 살련다.

한이와 다영의 결혼식 날의 일기

한이와 다영의 결혼식이었다.

성대하고 훌륭하게 어느 결혼식 부럽지 않게 치렀다.

너무 기쁘고 감사한 마음, 하늘에 계신 조상님께 감사하고 싶다.

다영 할아버지께 깊은 감사드린다. 자식들과 손자 손녀들 예쁘게 잘 자랄 수 있게 도와주시고, 나에게 힘 주셔서 감사하다고.

아들이 전화기를 사온 날의 일기

아들이 전화기를 사 가지고 왔다.

"엄마는 감동받았다."

엄마를 행복하게 해주려고

이 깊은 뜻을 당신은 아는지 모르는지 대답이 없네요.

나만 행복해서 미안해요.

다음에 또 쓸게요.

당신 처 올림

당신이 그리운 날의 일기

당신이 가시던 9월의 어느 날 밤에도 당신에게 편지를 썼다오.

　"당신은 아는지 모르는지

　비가 와도 바람이 불어도

　꽃이 피고 꽃이 져도 아는지

　밤이 가고 낮이 와도

　당신은 아는지 모르는지

　해가 뜨고 달이 떠도

　당신은 아는지 모르는지

　여름이 가고 가을이 와도

　당신은 아는지 모르는지.

　가신 님 막을 길 없으니 부디부디 잘 가시오.

　영생극락 하시오.

사랑하는 아들에게

아들아 보아라. 그동안 잘했구나.

못난 엄마가 엄마 생각만 한 것 같구나. 엄마한테도 마찬가지다. 아무것도 생각없이 이제라도 잘 하면서 행복하게 살자. 앞으로는 아주 건강하게 잘 먹고 잘하면서 서로 위하면서 살자꾸나.

엄마가 공부한답시고 아무 생각 없이 지낸다. 마음은 항상 생각하는데 그리 잘 안 된다. 앞으로는 열심히 공부하고 건강하게 살아가련다. 잘해야 얼마나 가겠나 생각이 든다.

우리 집 식구가 다 건강하고 행복했으면 한다. 사랑하면서 모든 것이 다 잘 할 수가 있을까 싶지만 이 나이에 공부할 수 있게 해준 것도 고맙다. 앞으로 끊임없이 공부만하다 갈란다.

며느리에게

공부할 수 있게 도와준 것 고맙구나. 한문도 더 해야 하고,
사자성어도 해야겠구나. 공부를 하다보면 너무 할 게 많다.
몸이 건강이 허락이 된다면 말이다. 끊임없이 하고 싶구나.
 도와주렴, 공부할 수 있게, 그리고 엄마는 할 수 있는 한
끊임없이 하고 싶구나. 마음 멈추지 않도록 도와줘라 아들
아. 공부는 힘이 있다. 하늘에 계신 아버지도 좋아 할 거다.

사랑하는 아들 어미에게 엄마가.

딸에게

엄마는 카톡을 할 수 있는 것이 넘 좋다.

편지도 쓸 수 있고 하고픈 얘기도 할 수 있어 좋다. 세월이 너무 빨리 가는구나.

네가 벌써 6순이라니. 지난 세월이 생각조차 싫구나. 아빠 없는 험난한 시간들, 아빠 없는 시간 보내나 싶구나.

엄마는 그래도 잘 살았다. 가슴이 아프다지만 아픈 정도가 아니지만 어쩌겠니.

사는 날까지 살다 가련다. 생일 축하해. 아무쪼록 건강해야 한다.

딸에게 엄마가.

진이에게

진아, 메일 잘 읽어보니까 옛날 생각이 나는구나.

너랑 할아버지하고 놀이터 생각이 나는구나. 진이도 생각
나니? 할아버지 생각.

손녀 손자, 다 해야 6명인데 할아버지가 계셨으면 얼마나
기뻐하셨을까. 문득 문득 생각이 나곤 한단다.

이제 할머니가 나이가 들어 자꾸 깜박깜박하는구나. 왜 안
그러겠니. 다영이와 솔이 영국 유학 보내고 나니 몸은 편할
지 몰라도 쓸쓸하단다. 진아 할머니가 사랑하는 우리 손녀
지인, 다음에 또 쓸게.

이 연진 아가에게

우리 민원이 짝이 되어주어서 고맙다.

서로 아끼면서 사랑하고 예쁘게 살면

자연히 행복이 온단다.

하늘도 예쁘게 살면 복을 주실 거다.

그리고 이웃도 사랑할 줄 알아야 한다.

부모형제 존경하고 사랑하면서 살아야한다.

첫째도 둘째도 건강이 최고다.

항상 웃으며 살면 하늘도 복을 줄 거다.

아가야, 이 할머니가 너를 만난 것이 기쁘다.

고맙고 예쁘다.

할머니가 두서없이 쓴 글을 이해했으면 한다.

아가야 사랑한다.

허서방 생일축하

허서방 생일 축하하네.

항상 건강하고 몸조심하게.

웃으며 살자고.

모든 일 다 고맙네.

미역국은 드셨는가.

점퍼를 샀는데 맘에 들지,

입어보고 작거나 맘에 안 들면 바꾸세.

장모가 사위에게2

그리운 남편에게

싱그러운 바람이 불어 오월이 온 것을 느꼈습니다.

오늘 문득 하늘을 올려다 본 구름이 하얗고 뭉글뭉글한 것이
꼭 당신을 닮은 것 같네요.

3년 교제하고 결혼한 당신과 헤어진지도 30년이나 되었군요.

해가 서른 번이나 바뀐 것 같군요.

오월은 당신을 만나 결혼한 달이라 아름답고 행복하답니다.

당신은 아시는지요.

어머님 전 상서

어머님 저를 사랑해주셔서 감사합니다.

자주 찾아뵙지 못해서 죄송합니다.

어머님께서 항상 딸 같이 사랑해주셔서 감사합니다.

더 어머님을 자주 찾아뵙지 못해서 죄송합니다.

아버님은 뵙지는 못했지만 사랑해주셔서 고맙습니다.

저의 자식들 잘 자랄 수 있게 해주셔 감사합니다.

편안히 계세요.

하늘나라에서 뵙겠습니다.

감사합니다.

당신께

처와 사랑하는 자식들을 뒤로하고 가버린 당신 벌써 26년이나 지났구려.

새삼 생각이 나 몇 자 쓰네요.

그동안 세월이 참 빠르네요.

당신을 그리워하면서 잘 지내고 있답니다.

손녀 손자가 6명이구요, 지인이가 28살이랍니다.

당신 처 학교 다니는 것 알지요?

학교생활이 즐겁고 행복합니다.

당신이 하늘나라에서 도와주세요.

건강하고 잘할 수 있게, 하고 싶은 공부할 수 있게요.

당신한테 미안해요.

나만 행복해서 말이에요.

또 쓸게요.

당신 처 올림.

당신에게 |

사랑하는 당신, 큰아들 손자가 2명이예요.

큰 손자는 2012년 12월 22일에 결혼했습니다. 큰 손자는 잘 났고 성실하고 자랑스러운 손자랍니다. 손자 이름은 이민원(민은 하늘 민, 원은 멀 원)이랍니다.

손자며느리는 이연진, 전주 이가라 합니다. 예쁘고 사랑스런 애기랍니다. 성실하고 착하고 건강하고 잘살 겁니다. 당신이 계셨으면 예뻐하셨겠지요.

둘째 손자는 이다원, 다는 마늘다랍니다. 원은 멀 원이고요. 손자 손녀가 6명 중 4명은 결혼했고, 큰아들의 막내, 작은아들의 막내만 아직 미혼입니다.

큰 아들 작은손녀며느리감은 있어요. 2천년 12월에 결혼할 예정이요.

두루두루 살펴주세요. 손자손녀 예쁘고 잘 장성했어요. 사랑해주시고 어루만져주세요. 사랑하는 당신 감사합니다. 외손녀 손자 친손자 잘 생기고 예뻐요. 진손녀도 예쁘고 사랑스럽답니다.

당신에게 2

사랑하는 딸 아들입니다. 다인 딸 외손자 허지웅이가 결혼식을 했어요. 당신 진손자 지웅입니다. 현재 지웅이가 육군 대위고, 외손자 며느리는 현재 영문과 나와 영어 선생이에요.

외손녀도 결혼했어요. 손녀사위는 이태수고요, 진손녀를 낳고 건강하게 예쁘고요, 요즘 딸이 손녀 보느라 고생하고 있어요.

지인도 영문과 졸업하고 외국인회사에 통역으로 근무하고요.

당신 작은아들도 큰딸을 결혼시켰어요. 손녀사위는 이한이랍니다. 둘이 잘 맞는 것 같아요. 지금 부부가 사업하고 있어요. 손녀는 한국체대 졸업하구요, 손녀사위는 고대졸업해서 둘이 사업하는 데 잘하고 있어요. 손자손녀 손자가 3명이요, 손녀 3명이고요, 합 6명 중 4명은 결혼했고요. 밑에 2명은 막내입니다.

남편을 꿈꾼 날

남편이 와서 내 손을 꼭 잡고 어딘지 모르는 곳을 가고 있었다.

사진 찍자고 하니까

"뭐하게."

"너무 예뻐 두고 본다"

하니까

"응 그래"

하고 꿈을 깼다.

꿈이지만 행복했다.

꿈을 깨고 나니 기분이 좋지 않았다.

글을 읽으면서

많은 생각을 했다. 글의 설움에 마음이 아팠고, 뒤늦게 글을 깨우쳐 자유로운 세상을 만나 인간승리에 손뼉을 치고 싶었다. 무엇보다도 생각을 글로 표현하는 소중함과 뚜렷한 글을 쓸 수 있다.

"당신 나의 글이 잘 썼는지 봐주구려, 이제 당신한테 편지도 쓸 수 있어요."

당신 처 남편에게 씀

4
난
글쓰기가
좋아요

나에게 배움의 유통기한은 없다.

한 해 농사를 시작하는 농부들처럼

긴 설렘으로 오늘도 공부한다.

잡초를 제거하는 농부들처럼

새로운 배움으로 마을의 잡초를 제거한다.

배움으로 설렌다.

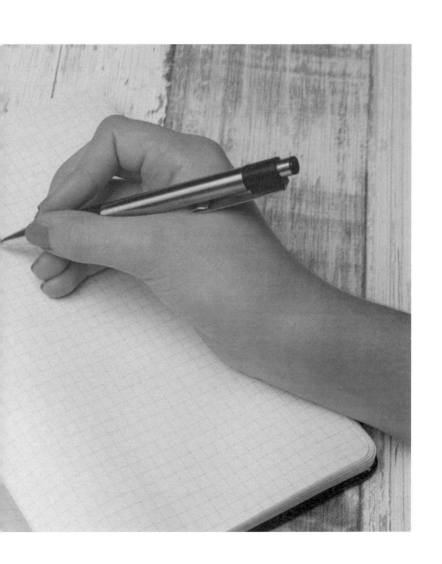

아버지와 어머니

결혼해서 큰 집에서 쭉 5년을 사시면서 큰오빠 작은오빠를 낳으셨다.

나를 임신하시고 100미터 되는 곳에 새 집을 짓고 이사하셨다. 나를 낳을 때 방에서 낳으면 안 되고 부엌에서 낳아야 한다고 할머니께서 아궁이에 불을 피우시고 볏집을 깔고 나셨다 한다. 그래서 동네 어르신들께서 내 별명을 '아궁아, 아궁아' 이렇게 부르신다 했다.

내가 7살 때는 되어 일제 강점기 때 '순사가 동네 감시하러 나온다, 피난가라'고 해서 나를 절구통에 숨기시고 간식을 넣어주셨다. '엄니가 올 때까지 나오지 마라. 나오면 죽는다' 하시고, 이것 다 먹고 자라고 하셨다. 오줌이 마려우면 그냥 누라고 하시고 동생 그를 데리고 산으로 피난 가시고, 그 후 순사가 와서 헛간을 다 뒤지고 칼로 여기저기 쑤셔 놋그릇은 다 가져 갔다.

그 뒤에 부모가 집에 와서 보니까 나는 잠이 들어 자고 있다 하셨다.

그 후 9살이 되어 학교 입학식 날, 아버지께서 나를 업고 '우리 옥재가 벌써 커서 학교 간다' 하시며 기뻐하시던 모습, 동전을 한 잎 주셨다. 나는 기뻐 입에 넣고 가는 중, 아버지가 궁둥이를 들썩하시며 간지럼을 태우시는 바람에 나는 웃다가 동전을 냇가에 떨어뜨렸다. 나는 울면서 "아버지 돈" 하니까 또 없고 돈 찾으시느라 한참을 애쓰신 걸 보며 아버지 간지럼 치니까 웃다 빠졌지요. 그리고 학교 가서 입학식 끝나고 갈 때처럼 똑같이 집에 올 때도 나를 업으셨다. 오다가 "할머니께 인사하고 가자. 어머님, 우리 옥재가 학교 입학식 하고 왔어요."

인사하고 집에 왔다. 내 친구는 "옥재는 좋겠다." 하면서 부러워했다.

그 후 3년이 지나고 내산초등학교 3학년 때 어머니께서 2월 28일에 돌아가셨다.

그 후 15살 때 부여군 남면으로 용성리로 이사했다. 학교가 그리워서 "아버지 초등학교만 보내주세요"라고 했더니

"동생이 셋이나 있는데, 너는 집에서 살림이나 배워 시집이나 가. 동생들 가리켜야하니까."라고 하셨다.

　그리고 6.25전쟁이 났다. 키가 지금 이 키다. 15살 때 키란다. 공산당 사무실에 나오라고 동네 빨치산 한 사람이 며칠 날 옥재 잡으러 온다고 피신시키라고 하니까 아버지께 전해 주어서 먼 산골 친척집에 갔다. 하늘만 보이는 데로 보내져 목숨을 면했다.

할머니와 소금항아리

나는 소금을 항아리에 꼭꼭 눌러 담는다. 할머니께서 항상 집에 소금이 항아리에 꽉 차야 집안이 번성하고 식구들이 건강하다고 하신 말씀을 기억하기 때문이다.

여름이 되면 소금을 물에 타서 식구들 한 사발씩 주시곤 하셨다. 나는 짜서 싫은데 하면 할머니께서 이걸 먹으면 건강하고 예쁘게 큰다고 말씀하셨다.

할머니는 항상 긍정적이셨다. 글을 모르시는데 어쩜 지혜가 뛰어나셨다. 동네에서도 우리 할머니 하면 칭찬이 자자했다. 옥재는 할머니한테는 자랑거리라고 말씀하시곤 했다.

101세 할아버지

2007년 10월 남북이산 가족상봉을 보며, 남북대화가 시작되고 무수한 진통을 겪으며 이루어진 이산가족의 상봉장면이 텔레비전으로 중계되던 날이었다. 나는 어떤 초로의 노인이 6.25때 헤어진 이젠 서로 늙어서 알아보기조차 힘든 얼굴을 얼싸안고 기쁨인지 슬픔인지 모를 눈물만 하염없이 흘리며 말문을 열지 못하는 장면을 목격했다.

어떤 말로 말문을 열까 차마 입을 떼지 못하던 중 "그동안 어떻게 지냈어?" 그리고는 반세기 동안 하지 못했던 말들이 봇물 터지듯이 눈물바다를 이루면 끝없이 이어졌다. 주어진 짧은 시간이 흐르고 헤어져야 할 시간이 다가옴에 아쉬워하며 모두가 한 곳에 모여 살 수 없다는 현실에 떨어지지 않는 발걸음, 못다한 말들을 뒤로한 채 떠나가는 버스 차창 사이로 꼭 잡은 두 눈을 놓지 못하며 하염없는 눈물만 흘리고 있었다.

그들은 이렇게 또 기약 없는 이별을 하며 평화통일이 이루어져 다함께 모여 사는 그날을 기원하며 눈물을 닦고 발길을

돌리는 장면을 보며 나는 생각을 했다. 무엇이 어떻게 왜 이런 분단국가는 만들었는지를 따지지 말고, 어떻게 해야 우리가 다시는 이런 아픔을 겪지 않을 수 있을지를 생각해야 한다고.

이처럼 우리 모두는 평화통일을 간절히 소망한다. 하지만 이것은 생각처럼 결코 쉽지 않다는 것을 누구든 인지하고 있다.

이념과 사랑이 흘리고 사는 방식이 틀리고 등등 풀어야할 숙제가 산적해 있기 때문에 우리는 통일이 영원히 이루어질 수 없을 것만 같았던 통일을 이룬 것을 보아왔다. 어떻게 해서 그 높기만 했던 베를린 장벽을 무너뜨리고 역사적 대업을 성취했는지를 연구해서 독일을 모델삼아 해답을 찾아보는 것도 하나의 방법이 될 수 있지 않을까 싶다. 생각해 보면 어쩌면 그 해답은 간단할 수도 있다. 무력통일이 아닌 인간 존중과 도덕성을 바탕으로 서로가 끊임없이 사랑을 나누고 실천함을 통해 평화통일을 이뤄내야 하는 것, 그리고 우리는 그 과정에서 그동안 잃어버리고 살았던 인간애를 되찾아야 하며 이로써 서로를 증오했던 마음들을 버리고 서로 이해하며 신뢰하고 사랑하는 마음으로 협력해나간다면 안될 것이 아무것도 없지 않을까 싶다. 이렇게 화해와 평화로써 통일을 이루어낸다면 유일한 분단국가라는 오명을 씻을 수 있으며 세계인들이 한국에 대한 인식도 바로설 수 있게 될 것이며 둘로 나뉘어졌을 때의 힘은 반밖에 활용할 수 없지만 우리가 하나 되었을 때의 힘은 세계로 나아가는 데에 있어서 무서운 저력으로 나타나지 않을까 싶다.

'경칩'에 대해 어떻게 공부하면 좋을까

'경칩'에 대해 어떻게 공부하면 좋을까. 각 문단의 중요한 내용을 정리하며, 경칩을 읽어보면 좋을까. 글의 종류 설명하는 글 경칩의 시기와 뜻과 경칩과 관련 있는 일들 알려주는 설명문이다.

경칩의 뜻과 시기, 경칩은 24절기의 하나로 대개 3월 초가 경칩이라는 말은 땅 속에서 몸을 움츠리고 겨울 내 잠을 자던 동물들이 깨어 꿈틀거리기 시작한다는 뜻이다.

경칩은 봄이 시작되는 때와 비슷한 시기에 있기 때문에 새로운 출발의 뜻이 있기도 하나 우리 조상들은 경칩에 여러 가지 일을 하였다.

경칩에 흙을 이용하는 일을 하면 일 년 내내 나쁜 일이 생기지 않는다고 하신다 생각하여 벽이나 담에 흙을 바르거나 집을 새로 지었다고 한다. 또 빈대를 없앨 수 있다고 생각하여 물에 재를 타 그릇을 방의 네 귀퉁이에 놓기도 하였다. 보리싹이 자란 것을 보고 그 해 농사가 풍작일지 흉작일지를 점치기도 하였다고 한다. 그러나 오늘날에는 이러한 풍습이 많이 사라지고 있다.

경칩 무렵, 겨울잠에서 깨어나 개구리가 기지개를 켜고 밖
으로 나온다. 막 잠을 깬 개구리는 아직 차가운 냇물이나 웅
덩이 또는 물이 괴어 있는 논 등에다 알을 낳는다. 새로운 생
명을 준비하는 것이다.

가족 여행

찌는 듯한 더위에 그래도 하루하루 학교 생활하다 보니 모처
럼 한가한 시간을 갖는 듯하지만 하지 못하던 일들이 어찌나
많은지 나름대로 정신없이 지나고 있다.

무더위에 충분한 휴식을 취할 수 있는 날에 손자 손녀와
함께 며칠 동안 여행을 떠났다.

경상도 남해 쪽으로 갔다. 삼천포 대교를 건너 상지해수욕
장과 주변을 두루 돌아보고 통영으로 내려왔다. 통영에서 하
룻밤 자고 다음날 통영 해안도로를 탔다. 이곳은 오른쪽으로
바다와 근접해 있고, 왼쪽으로는 산을 끼고 있어 말할 수 없
이 아름다운 전경을 자랑했다

이 지역을 한 바퀴 돌고 거제도로 내려가서 해금강과 외도
를 보았다. 외도는 섬 전체가 개인의 것으로 희귀한 식물과
나무와 조각으로 이루어졌다.

나의 생각을 글로 써보기

나의 생각을 글로 써보자. 나는 글 쓰는 것을 좋아하는 편이다. 학교에서 작문시간에 언제나 책을 읽곤 했다. 작문 시간이 좋긴 했지만 글을 읽는 것을 더 좋아해서 소설이나 시를 읽었다. 그러나 오늘은 '7시에 배운 한글'을 읽으면서 나 자신이 부끄러워졌고, 글자나 글에 대해서 새로운 생각을 하게 되었다.

첫째, '말을 하는 것과 글을 아는 것이 이처럼 다르구나' 하는 생각이 들었다. 나는 칠십에 배운 한글의 할머니이다. 자신의 생각을 말로 표현하는 데는 큰 어려움이 없는 듯했다. 그러나 글을 몰랐기 때문에 여러 가지 불편함을 겪었다. 글자를 몰라서 유난히 여러 가지 설명이나 각종 설명서를 일을 수 없기 때문이었다.

둘째는 글자를 아는 것과 쓰는 것이 다르다는 생각이다. 글자를 알면 설명서도 반가운 편이다. 거리의 간판을 읽을 수 있을 것이다. 그렇다고 이처럼 감명 깊은 글을 쓸 수는 없다. 글자를 잘 알지 못하면서 편지 한 장을 쓰지 못했구나.

사실 그때 굉장히 멋진 글을 써서 딸을 기쁘게 해주고 싶은 생각으로 가득 차 있었다.

나는 갈피를 잡지 못한 듯했다. 딸이 글을 읽어보면 이제까지 겪은 설움과 기쁨을 우리 앞에서 말씀하시는 것 같다는 나의 생각이 뚜렷했기 때문일 것이다.

두 편의 글을 읽으면서 많은 생각을 했다. 글의 설움에 마음이 아팠고, 뒤늦게 글을 깨우쳐 자유로운 세상을 만난 이옥재의 인간승리에 손뼉을 치고 싶었다.

무엇보다도 생각을 글로 표현하는 소중함과 뚜렷한 생각이 있어야 글을 쓸 수 있다는 것을 알았다.

그리운 어머니 생각

내가 태어난 곳은 충청남도 부여군 내산면 천보리, 두메산골이지요.

내산초등학교 3학년까지 다니고 12살 때였지요. 어머니께서 아기 난 후유증으로 회복을 못하시고 돌아가셨지요. 그후로 다니던 학교를 그만두어야 했어요.

동생이 3명이나 있어 아버지께서 너는 동생 때문에 학교는 가지 말고 동생 보고 있으면 한글을 배워주겠다고 하셨지요.

저녁에 야학당에 보내주셔서 한글을 배웠지요. 그 후로 6.5 전쟁 지나고 20대에 결혼했고요, 50대에 남편과 사별하고 마음을 상처를 글로 쓰면서 시간 가는 줄도 몰랐어요. 글 쓰고 책 읽고 하며 지금에까지 왔습니다.

\<그 여자네 집\>을 읽고

〈그 여자네 집〉은 비록 늦은 나이지만 공부를 시작하길 아주 잘했다는 생각이 들게 해주는 작품이다. 아주 다행스럽게 생각되는 것은 작품이 국어교과서에 실려 있다는 점이다. 교과서에 실리지 않았더라면 접하지 못했을 테니까.

〈그 여자네 집〉은 소설을 더욱 빛내줄 뿐만 아니라 말할 수 없는 감동까지 안겨준다. 아주 오래 전부터 줄곧 그 동네에서 자라왔던 살구꽃이 피는 집, 또한 은행잎이 노랗게 물드는 집.

눈 오는 집은 언제나 마음에서 그리웠던 집이다. 다시 생각해도 〈그 여자네 집〉은 영화 한 편을 본 것 같은 느낌을 준다. 그것도 모자라 주인공이 마치 나를 사모하는 것 같은 착각을 하게도 만든다.

곱단이와 만득이의 연애 이야기를 보면서 마치 20대의 나와 남편이 다시 꽃다운 스무살로 돌아간 것처럼 가슴이 설레었다. 나는 죽어도 원이 없을 만큼 만득이와 달콤한 사랑을 나누는 곱단이가 된 듯한 착각에 빠지기도 했다. 만득이와 곱단이는 일제 때 징병과 정신대라는 제국주의 폭력에 희생되고, 해방 후에는 남북분단으로 인해 다시 한 번 그리고 방송에서 본 정신대 어르신 분들만 희생자라고 생각했다.

이 소설을 통해 드러나지 않은 또 다른 피해자들이 잇다는 사실을 알게 되었다. 실제로 그 시대에 사셨던 모든 어르신도 곱단이처럼 정신대에 끌려갈까봐 일찍 결혼을 서두르셨다는 이야기를 들은 적이 있다. 또 남북분단이란 문제에 대해서 지금까지 와서는 나를 생각을 갖게 되었다. 우리가 직접 전쟁을 겪어보았기 때문에 북쪽 사람들 근성을 잘 알고 있다. 하지만 자신이 태어나고 자란 아름다운 고향을 마음에 묻고, 그리움만큼 커다란 한과 아픔을 간직하고 있는 사람들이 있음을 이 작품을 통해 분명히 깨달았다. 왜 통일이 되어야하는지를 이제는 분명히 알 것 같다.

나의 꿈의 도전기

나는 오십대에 남편과 사별하고 세 남매를 위해서 열심히 살아왔다. 그러나 나이가 들고 차츰 생활에 안전을 찾아갈 무렵 채워지지 않는 무언가가 나를 공허하게 만들었다. 그래서 시작한 것이 자전거를 배워 회원들과 함께 전국 곳곳을 다녀보고 일본도, 중국도 베이징까지 다녀보았지만 채워지지 않는 아쉬운 무언가가 남았다. 그즈음 나이가 들면서 격한 운동이 몸에 버거워지기 시작했다. 수영을 배우면서 친구들과 어울리면서 내 꿈을 찾았다.

　글 쓰고 공부하면서 남은 날을 즐겁게 살련다.

앞서가는 사람은

앞서가는 사람은 남보다 먼저 보고 남보다 빨리 판단하고 남보다 빨리 실행하는 사람이다. 앞서가는 사람이 되자. 하나의 지혜가 천년의 어리석음을 날려버린다.

열심히 배우고 또 배우자. 잔잔한 바다에서는 노련한 뱃사공이 만들어지지 않는다. 힘든 일을 두려워하지 말자. 나는 매일매일 모든 면에서 점점 좋아진다.

일신우일신

좋은 일에 앞장서자.

　높은 곳을 향하여 앞으로 앞으로 나가자.

　희망찬 내일을 위해서 변화하지 않으면 미래가 없다.

　No change, No future,

　"생각이 바뀌면 행동이 바뀌고 행동이 바뀌면 습관도 바뀌고 습관이 바뀌면 성격이 바뀐다."고 심리학자 이민규는 말한다.

　나이를 먹는다고 해서 우리가 늙는 것이 아니다. 이상을 잃어버릴 때 비로써 늙는 것이다. 이상을 갖자.

자전거 타기

주말에 자전가 타고 한강변이나 달려볼까. 다리에 힘을 주고 집 가까운 공원으로 나가볼까. 벌써 공원의 가로수에는 단풍이 물들기 시작한다. 가을 기운이 물씬 배어 나온다. 페달을 밟으며 자연을 만끽한다. 기분전환은 물론이고 건강관리도 절로 된다.

자전거 배우기를 참 잘했다싶을 정도로 기분이 상쾌하다. 한강변 곳곳을 달리다 보면 기분이 상쾌할 뿐 아니라 하늘을 나는 듯 참 행복하다.

공부가 좋다

이렇게라도 그렇게 목말라 했던 공부를 하게 돼서 행복하다. 아쉬움이라면 내가 조금만 더 젊었더라면 공부에 더욱더 박차를 가해 늘 소원이었던 대학교도 졸업할 텐데, 어려운 분들이나 배움의 갈망에 목말라 있는 분들 위해 복지관 같은 곳에서 봉사하면서 여생을 마칠 텐데.

비록 고등학교 검정고시에 합격 못해도 대학 졸업을 못해도 나는 지금의 나를 대견해하면서 자랑스러워할 것이다. 이 나이에 공부할 수 있는 내 마음이 나는 좋다.

암 세 포

인간은 모두가 몸속에 암세포를 가지고 있는데 거의가 비활
동성이라고 합니다. 그러나 잠재해 있던 암세포는 활동하기
좋은 환경을 만나면 마치 물 만난 물고기처럼 온 몸을 헤집
으며 세포화장을 한답니다.

배움

나에게 배움의 유통기한은 없다. 한 해 농사를 시작하는 농부들처럼 긴 설렘으로 오늘도 공부한다. 잡초를 제거하는 농부들처럼 새로운 배움으로 마을의 잡초를 제거한다. 배움으로 설렌다.

감나무

우리 손녀 이다솔이 입학할 때 감나무 1그루를 2만원 주고 샀다. 입학식 기념이라고 심었다.

지금으로부터 20년 전이다. 다솔이가 7살 때니까 20년 만에 처음 감이 열렸다. 그 감을 처음으로 딸하고 둘이서 2019년 9월 21일에 따다 가지가 꺾이는 것을 보니 가슴이 아팠다. 얼마나 아플까.

"감나무야 얼마나 아팠니. 할머니가 잘못했구나. 식구들이 아프니까 너무 아파 하지마. 감나무야, 주인을 알아보고 내가 너를 많이 아프게 해 미안, 잘 크라고 맛있는 거름 줄게. 내년엔 무럭무럭 잘 자라 할머니 기쁘게 해."

바람처럼

바람처럼 떠날 수 있는 삶 받아들여 가끔 힘들면 한 숨 한 번 쉬고 하늘을 바라본다. 멈추면 보이는 것이 참 많다.

차 한 잔의 여유로움으로 인생을 반려자와 더불어 잔잔한 행복을 함께 할 수 있어 감사하며 바람처럼 떠날 수 있는 삶, 오늘도 행복이 가득하고 즐겁고 행복하다.

입학원서를 접수하고 그날 밤 설렘에 잠도 못 이루고 뜬 눈으로 새고 이 기쁨을 누구하고 공유할까. 말할까 하다 하늘에 계신 남편에게 "당신 이 기쁨 아시나요?" 하고 외쳤다.

"나는 행운녀랍니다."

셋째시숙

1983년, 셋째시숙님은. 충남 부여군 초등학교 교사였다. 교사로 있을 때 대전으로 발령받고 연수 받으러 오셔서 15일 연수가 끝나고 가며 "동생 나 집구해야 하는데 구해줄 수 있겠나" 하시고 가셨다며 나한테 전해주었다. 나도 흔쾌히 아래채 비워드리자고 하며 편하실지 모르지만 그 후 이사 오셨다.

아이들이 7남매, 형님 시숙님, 9식구가 이사를 왔다. 나는 아이들 머리도 깎아곤 했는데 그중 은하는 예쁘고 사랑스러웠다.

아이들 학교 입학식 때도 내가 데리고 가고 데려오곤 했다.

한 2년 같이 살다 회덕에 집이 한 채 있어 아이 아빠가 애기해서 아빠하고 나하고 가봤더니 괜찮아서 형님한테 말씀드렸더니 흔쾌히 대답하셔서 주말에 형님, 나, 아빠 셋이서 가보니까 형님이 좋다고 수리해서 온다고 하시여 이사하셨다. 이사하시고 점점 아이들도 건강하게 잘 크고 집안이 점점 나아지고 시숙께서 교감으로 승진하시고 그 아이들이 잘 자라 크게 성공했다.

　행여 걱정이 될 주말이면 가보곤 했다. 집안이 일기 시작했다. 3년 사시고 회덕에 큰 집 사서 이사하시고 시숙께서 교장이 승진하시고 정년퇴직하시고, 한의학 공부를 하셔서 한의사 자격증을 따시고 회덕에 상가를 지어 한방을 차리셨다. 대성공하시고 그 후 아파트 50평 사서 이사하시고 자녀들 다 성공해 큰 아들을 한의사, 둘째는 소아과 의사, 셋째는 치과의사, 넷째는 현재 서울 광화문에 치과의사, 서울대 교수, 딸 세 명 성공.

　셋째시숙님께서 내 남편이 세상을 떠났을 때, 내가 쓰러져서 조카들 동생들 시켜서 팔 전체 몸을 주무르라고 하시고, 계속 침을 놓으시고, 청심환을 갈아 입에 넣어주라고 하셨다. 한두 시간을 지나도 안 깨니까 이제는 틀렸다고 하시며 눈물을 흘리시고, 둘째형님이 옆에서 지키고 있다 마지막으로 침 더 놓을 때 이제 죽었구나 하셨는데, 손을 움직이는 걸 보시고 "애들아, 엄마가 살았다." 외마디 소리 치시고 몸을 주무르게 하셨다. 내가 눈 뜨고 몸이 저리고 틀어진다고 하니까 아이들 보고 주무르라고 하시고 병원으로 올라가 링거 놓고 안정을 시켰다. 시숙님 무릎에 누워 있어 깜짝 놀라 고개를 드니까 괜찮다고 하시며 눈물을 흘리시며 이제 맘 푹 놓으라고 하시던 말씀 지금도 생생하다.

"시숙님 고맙습니다. 아이들 고아 안 되게 해주셔서 감사합니다. 여기서 외롭게 사시지 말고 회덕 집 드릴 테니 이사하라고 하신 말씀 고맙습니다."

둘째 시숙

둘째 시숙님 안녕하세요.

감사합니다. 병환에 계실 때 마음이 많이 아팠습니다. 죄송합니다. 시숙님 저의 안방에 계실 때 딸내미 책상이 안방에 있어 학교 갔다 오면 숙제를 시키고 있을 때 하시던 말씀 생각납니다. 다음 세상에서 뵙겠습니다. 하늘나라에서 형님 만나 잘 지내고 계시지요. 편안히 계세요.

5

나를 응원하는
가족들,
고마워요

자랑스러운 엄마,
엄마가 자랑스러워요.
나이가 들어도
노력하면 안 되는 일 없다는 것을
몸소 보여주시는 엄마.
항상 끊임없이 노력하며
열심히 사시는 모습이 자랑스럽습니다.

우리 딸이 이메일로 보내온 편지

자랑스러운 엄마, 엄마가 자랑스러워요.

 나이가 들어도 노력하면 안 되는 일 없다는 것을 몸소 보여주시는 엄마, 항상 끊임없이 노력하며 열심히 사시는 모습이 자랑스럽습니다. 배움의 목마름을 끊임없이 노력으로 채우시고, 또 채우시고 하면서 그 자리에서 안주하시지 않고 더 높은 곳을 향해 도전하는 그런 모습이 아름답게 보여주시곤 하십니다.

 공부가 어렵더라도 꾸준히 노력해서 성취할 때의 그 통쾌함을 엄마는 아시는 거겠죠.

 엄마 파이팅!

딸이 보낸 편지

대단하신 울 엄마,

현대인으로 다가선 첫걸음을 축하드립니다.

아직까지 젊은 사람들도 이메일 주소도 없고 할 줄 모르는 사람들도 많은데,

엄마의 끊임없는 도전이 아름답게 보입니다. 내가 아는 모든 이들에게 자랑하렵니다.

이제 영국 유학중인 다영이와 다솔이한테도 이메일로 편지 써서 소식 전하면 되겠어요. 또 편지 쓸게요.

학생인 우리 엄마

엄마, 계절이 넘 예뻐 엄마 집으로 뛰쳐나가고 싶은 가을입니다.

하지만 할 일이 태산, 어렵지만 참고 견디면 좋은 결실을 맺을 거니까 한 걸음 한 걸음 나아갈 때마다의 성취감은 안 해본 사람은 이 기쁨을 느끼지 못하겠죠?

아마 엄마도 이런 기쁨을 느끼기 때문에 어려운 공부를 계속하고 계시리라 생각이 듭니다.

올해는 생각건대, 엄마하고 같이 할 시간이 다소는 많아지지 않을까 생각이 듭니다.

그때까지는 좀 뜸하더라도 이해해주시고 엄마도 엄마 공부 열심히 해서 원하는 모든 것을 갖출 수 있도록 하셔요. 또 쓸게요.

엄마의 딸

딸이 보내온 편지

"할머니 매일 보니까 나도 옛날 생각이 나서 할아버지가 정말로 나 많이 예뻐해 주셨는데 아마 살아 계셨음 다들 굉장한 기쁨과 사랑을 받았을 텐데, 우리 할아버지 정말로 정이 많고 사랑 많으셨는데 나는 정말로 행운을 많이 타고 났구나."

"영솔이 영국 보내고 왜 안 쓸쓸하시겠어요. 진아 조만간 식구들이랑 놀러갈게요. 알았죠. 사랑해요. 오늘 날씨 정말 춥네요. 어디 가시면 따뜻하게 입고 가세요."

"진아 추우니 감기 조심해라. 요전에 구경 잘 했다. 이모할머니도 할머니도 처음 구경했다고 하시며 고맙다고 했어. 할아버지께 감사하다고, 진이가 이렇게 좋은데 구경하게 우리 진 사랑해. 할머니가, 안녕."

딸과의 카톡

지웅이 가방을 보고 뿅 갔어요. 지웅 메이커가 진짜야 하면서 말이에요. 요새 가방 없이 쇼핑백에 책 넣어 같이 다니는 게 유행이래요. 무슨 멋인지 책처럼 매고 다니는 것이 유행이라나 봐요.

지인이는 고구마 구워 주었더니 고구마와 부각하고 얼마나 맛있게 먹는지 지인도 지웅이도 고추 부각이며 끝내주게 먹는데 고구마는 이런 물고구마를 몇 년 만에 보는 것 같다면서 앉은 자리서 몇 개를 먹더라고요.

-

글쎄 말이여, 그날 저녁 고무마가 기가 막혀서 사위 말이여, 그날 저녁 고구마 구워서-

엄마 오늘도 엄마한테 가긴 틀린 것 같아요. 할 일이 줄줄이 매일 저녁 12시나 1시 정도 자니까 낮에는 해롱해롱 제정신이 아니에요 고구마고 뭐고 호박잎이 나를 꼬셔도 안 먹고 쉬는 것이 약이 될 것 같아요. 조만간 갈게요. 넘 외로워

하지 마시고 우리 딸 장하다, 딸 하면서 계심 되겠지요. 참 우리 딸이 엄마 친구들과 자주 만나 재밌게 노세요.

나의 가을은 붉게 물든 단풍처럼 아름답다

사람이 그리울 때 나는 글을 씁니다

초판 인쇄 2019년 10월 30일
초판 발행 2019년 11월 5일

지은이   이옥재
펴낸이   김상철
발행처   스타북스
등록번호   제300-2006-00104호
주소   서울특별시 종로구 종로1가 르메이에르 1117호
전화   02) 735-1312
팩스   02) 735-5501
이메일   starbooks22@naver.com
ISBN   979-11-5795-483-4 03810